物理和化学

藏在诗词中的科学

谢毓洁 ◎ 著

台海出版社

图书在版编目（CIP）数据

藏在诗词中的科学 . 3, 物理和化学 / 谢毓洁著 .
-- 北京：台海出版社，2022.12
　　ISBN 978-7-5168-3427-5

　　Ⅰ.①藏… Ⅱ.①谢… Ⅲ.①古典诗歌—诗歌欣赏—
中国—少儿读物 Ⅳ.① I207.2-49

　　中国版本图书馆 CIP 数据核字（2022）第 203387 号

藏在诗词中的科学 . 3, 物理和化学

著　　者：谢毓洁

出 版 人：蔡　旭　　　　　　　　　　　封面设计：天下书装
责任编辑：员晓博

出版发行：台海出版社
地　　址：北京市东城区景山东街 20 号　　　邮政编码：100009
电　　话：010-64041652（发行，邮购）
传　　真：010-84045799（总编室）
网　　址：www.taimeng.org.cn/thcbs/default.htm
E - mail：thcbs@126.com

经　　销：全国各地新华书店
印　　刷：三河市同力彩印有限公司印刷
本书如有破损、缺页、装订错误，请与本社联系调换

开　　本：710 毫米 ×1000 毫米　　　1/16
字　　数：300 千字　　　　　　　　　印　张：24
版　　次：2022 年 12 月第 1 版　　　　印　次：2023 年 3 月第 1 次印刷
书　　号：ISBN 978-7-5168-3427-5

定　　价：105.00（全 3 册）

唐诗宋词，是中华文化的精髓部分，它们宛如一颗颗明珠一般，在历史长河中闪闪发光，等待人们的发掘和开采。品读唐诗宋词，除了能感受到古人独具风格的诗词美学外，还能透过诗中的意象，来感知世间万物的道理。

在我国浩瀚如烟的诗词遗存中，不乏名家的经典之作，这些诗词除了具备文学艺术方面的超高成就外，还多多少少地向人们昭示了与科学有关的真知。这些科学知识，有的涉及天文地理，有的涉及历史自然，有的则涉及物理化学……

很难想象那短小精悍的诗词中，竟然能蕴含如此丰富的科学知识。

当我们读到苏轼笔下的《念奴娇·赤壁怀古》时，除了感知诗人的豪情壮志外，我们还应该透过诗歌，去品读其背后所隐含的历史知识，那段硝烟四起的三国历史，以及那座被大火烧得通红的赤壁，承载了多少英雄豪杰的雄心壮志，又见证了几多风云巨变的无奈呢！

当我们读到李白笔下的《渡荆门送别》时，除了跟随诗人游览荆门的壮丽景象，感受诗人出蜀游历的豪情外，还应该透过诗歌，去发掘自然所赋予人类的奇妙景象，荆门四周那"山随平野尽，江入大荒流"的盛景，以及江中那轮摇曳生姿的圆月、空中那令人惊叹的海市蜃楼之景，都应该成为我们关注的焦点，通过它们，我们能更好地领略大自然所具有的独具特色的美感！

当我们读到陶渊明笔下的《归园田居（其三）》时，除了体会诗人隐居田园、开荒耕种的悠然自得外，还应该透过诗歌，去感受诗人向我们揭示的液化物理现象——"夕露沾我衣"，草木上的露水浸湿了诗人的衣服，这种经历，我们肯定都在生活中有所体验！

当我们读到王安石笔下的《元日》时，除了感受热闹喜庆的春节氛围外，还要跟随诗人的文字，透过诗词表达的意象，去细心聆听那一阵接一阵的爆竹声响，然后由此去思考爆竹为什么会发出巨响？看看它背后所隐藏的化学知识是什么！

......

诸如此类，只要我们足够细心，就会发现诗词中竟然蕴含着如此之多的科学知识，也才会突然领悟：原来古人在很早以前，就已经察觉了这些科学知识，并且将它们写进诗词里，在用诗词表达情感和志向的同时，也向人们揭示了最普遍而又常为人们所忽视的科学知识。

正因如此，我们特意编写了这套《藏在诗词中的科学》系列图书，本套图书共由三本书组成，分别是《藏在诗词中的科学—天文和地理》《藏在诗词中的科学—历史和自然》《藏在诗词中的科学—物理和化学》。在每本图书中，我们精选蕴含科学知识的经典诗词，在科学解读诗词的基础上，通过贴近生活的科学现象，来向读者揭示其中隐含的科学知识，帮助广大读者更好地理解诗词，同时收获诗词中隐含的科学知识，开阔眼界、增长见识，以诗词晓科学，成为名副其实的诗词小达人！

希望每一位阅读到本套图书的读者，都能重新认识诗词，更好地感知诗词中隐含的独特魅力，读有所用，学有所成！

目 录

CONTENTS

化学篇

物理篇

WULI PIAN

月下独酌^①四首·其一

唐·李白

花间一壶酒，独酌无相亲^②。

举杯邀明月，对影成三人。

月既不解饮，影徒^③随我身。

暂伴月将影，行乐须及春^④。

我歌月徘徊，我舞影零乱。

醒时同交欢，醉后各分散。

永结无情游^⑤，相期邈云汉^⑥。

注释

①酌：饮酒。②相亲：亲近的人。③徒：徒然，白白的。④及春：趁着美好的春光。⑤无情游：忘情游，摆脱世俗、不计得失的交往。⑥云汉：银河。

翻译

提一壶美酒摆在花丛间，自斟自酌，没有亲近的人。

举杯邀请明月，对着身影成为三个人。

月亮当然不会喝酒，身影也只是伴随着我。

我只好暂时把月亮和身影当成酒伴，要行乐就要趁着美好的春光。

我吟诵诗篇，明月徘徊；我手舞足蹈，身影零乱。

清醒时一起欢乐，酒醉后各奔东西。

我愿与他们永远结下超越世俗的友谊，相约在缥缈的银河边。

读诗词，学物理

　　《月下独酌四首》是李白的组诗作品，其中最有名的就是这首。这首诗写的是诗人因为政治失意而产生的忧愁寂寞的情绪，他以出色的文笔，把寂寞的环境渲染得十分到位。不过，诗人面对这样的现实，并没有沉沦，而是向往光明。诗中的描写不但十分传神，而且表达了诗人善于自己排遣寂寞的旷达心情。

　　李白上场的时候，背景是花间，他拿着一壶酒，一个人喝了起来。可是，一个人喝酒实在是太寂寞了，需要有个伙伴才行，该找谁呢？李白看到酒杯中的影子，突然灵机一动：有了，这杯中的影子，加上我，再加上月亮，不

就变成三个人了吗？李白心想：嘿，我可真是个小机灵鬼。

可是，虽然李白盛情邀请，但明月和影子都不会喝酒。他只能暂时以明月和影子做伴，在这春暖花开的时节，及时行乐。

现在诗人已经有了些许醉意，借着酒劲，开始又歌又舞。诗人歌时月色徘徊，似乎在听他歌唱；舞时身影凌乱，好像在和他共舞。醒时相互欢欣，喝醉之后，月光和身影才无奈地分别。在最后两句中，诗人真诚地和"月""影"相约在那缥缈的银河边。

回到现实中，这杯中的影子是从哪里来的呢？是由光的反射引起的。酒面比较平静，相当于镜面，对光有反射作用。

光射到两种不同介质的分界面上时，便有部分光自界面射回原介质中的现象，称为光的反射。

常见的光的反射有镜面反射和漫反射。

若反射面比较光滑，当平行入射的光线射到这个反射面时，仍会平行地向一个方向反射出来，这种反射就属于镜面反射。比如我们照镜子，看看自己的脸有没有洗干净，就是镜面反射的例子。

漫反射，是投射在粗糙表面上的光向各个方向反射的现象。比如我们能够看到黑板上的字，就是因为发生了漫反射。

科学图解·光的反射

生活中的很多地方都用到了光的反射，比如汽车的后视镜。如果仔细观察，就会发现后视镜的镜面是凹的，这样后面的景物反射回人眼时就会缩小，所以，就算后视镜的镜面很小，也可以看到后面的很多景物。

光的反射定律：

反射光线和入射光线、法线在同一平面上。

反射光线和入射光线分居法线两侧。

反射角等于入射角。

钓鱼湾

唐·储光羲

垂钓绿湾春，春深①杏花乱。

潭清疑水浅，荷动知鱼散。

日暮待情人，维舟②绿杨岸。

注释

①春深：春意浓郁。②维舟：系船停泊。

翻译

垂钓在春天的绿水湾，春意浓郁，杏花盛开。

潭水清澈，疑心水浅，荷叶摇动才知道鱼游散。

等待心上人直到日暮，系上小船停靠在绿杨岸。

读诗词，学物理

《钓鱼湾》是唐代山水田园诗人储光羲写的一首五言古诗，写的是一个年轻人以垂钓为掩护，在钓鱼湾焦急地等待情人的到来。这首诗文风淡雅，质朴恬静，将春天、春水、春花、春树和青春融为一体，在读者面前展现出一幅景色秀丽的春意图。

诗的一二句写暮春时节钓鱼湾美丽的景色，在一片绿荫中，几棵盛开的红杏娇艳无比。在暮色中，一个年轻人划着船来到了钓鱼湾，把船缆系在杨树桩上，开始垂钓。不过，他是醉翁之意不在酒，虽然表面上镇定，内心却很紧张，纷繁的杏花恰好衬托了他的心情。

三四句进一步描写了年轻人的内心活动。表面上看，这两句写的是他在垂钓的时候，俯身看到清澈的潭水，担心水浅而没有鱼上钩，突然看到荷叶

摇晃，才知道鱼受惊游走了。实际上，这是在暗喻年轻人担心这次约会无法成功。

最后两句点明，年轻人是在等待心上人。在浓郁的春光中，这首诗画上了句号。

回到现实，为什么诗人会写出"潭清疑水浅"这样的句子呢？"疑水浅"，水是真的浅吗？其实并不是。就像我们去游泳的时候，有时候觉得水很浅，可是实际上，如果轻易下水，可能会有危险。之所以会出现这种情况，是因为光的折射。光的折射是指光从一种介质斜射入另一种介质时，传播方向发生改变，从而使光线在不同介质的交界处发生偏折的现象。也就是说，

光从空气中折射进水中时，传播方向发生了改变，导致潭水看起来比实际的浅。

白光　玻璃棱镜　红　紫

　　和光的反射一样，光的折射也是发生在两种介质的交界处。不同之处在于，反射光返回原介质中，而折射光线是进入另一种介质中。在折射现象中，光路是可逆的。

　　通常说来，在两种介质的分界处，会同时发生反射和折射。比如，如果

一束光照在水面上，有一部分光会反射回去，也有一部分光会进入水中。反射光线的速度等于入射光线的速度，但是折射光线的速度不等于入射光线的速度。

光的折射遵循如下定律：

1.折射光线和入射光线分居法线两侧。

2.折射光线、入射光线、法线在同一平面内。

3.折射角的正弦与入射角的正弦之比为常数。

活水亭观书有感二首·其二

宋·朱熹

昨夜江边春水生，艨艟①巨舰一毛轻。
向来②枉费推移力③，此日中流④自在行。

注释

①艨艟：古代很有攻击性的战舰名，这里指大船。②向来：原来，指春水上涨之前。③推移力：指浅水时行船有难度，需要人推着才能前进。④中流：河流的中心。

翻译

昨天夜里，江边的春水大涨，那艘庞大的战船就像羽毛一样轻。以前花费很大的力气也无法推动它，今天它却可以在江水中自在漂流。

读诗词，学物理

《活水亭观书有感二首》是朱熹的组诗作品，第一首中有我们很熟悉的一句诗："问渠哪得清如许，为有源头活水来。"而这第二首，其实是一篇诗人的"读后感"，诗中的"春水""巨舰"所指的并不是其本身，而是另有他物。在《活水亭观书有感二首·其一》中，诗人曾用"活水"来指代源源不断的灵感，而在这首诗中，他又独辟蹊径，用"春水生"来指代灵感的爆发。平常那些棘手的问题便在这源源不断的灵感中得到解决，就像一艘搁浅的大船，当水位忽然大增，它便顺势扬帆起航。

"昨夜江边春水生，艨艟巨舰一毛轻。"下了一晚上的瓢泼大雨，第二天一早，江水一下子涨得很高，原本在水边搁浅的大船轻盈得像羽毛一样漂了起来。诗人的比喻可谓精妙至极，用一片羽毛来形容"艨艟巨舰"，不仅把其浮在水面上的轻盈姿态彰显出来了，也把"春水"的声势浩大淋漓尽致地展现出来了。"向来枉费推移力，此日中流自在行。"过去，为了把这艘大船推到水里去，人们用尽了力气却无济于事，可是现在春水轻轻松松就做到了这一点。诗人用"枉费推移力"对比"自在行"，将春水的力量更明显地表现出来了。

那么，这一江春水到底有什么"神奇的力量"，竟然可以让"艨艟巨舰"变得像羽毛一样轻呢？

事实上，这一切都要感谢浮力。当大船进入水里，水的横向作用力都会作用于其不同的侧面。可是，大船一前一后、一左一右所受到的横向作用力会彼此对冲，只有船底所受到的向上的力留了下来，这就是浮力。当船身的重量等于其所受到的浮力时，大船就会像羽毛一样轻盈地漂在水面上了。

科学图解·浮力

　　有一次，国王给了匠人一些黄金，让他帮自己打造一顶皇冠。可是，拿到皇冠之后，国王就想知道，匠人有没有私吞黄金，就让阿基米德帮自己鉴定。阿基米德想了很久，也没有想出办法。

　　一天，阿基米德洗澡的时候，浴盆里的水溢了出来，而且随着他入水深度的增加，溢出的水也会增加，同时身体会被轻轻托起。他突然获得了启发，就从浴盆里跳出来，高兴地说："我想出来了，我想出来了！"

　　然后，阿基米德就用他想到的办法，为国王测量了皇冠的密度，证明匠人确实私吞了国王的黄金。

　　阿基米德在洗澡的时候发现的定律，就是阿基米德浮力定律。它的内容是，浸入静止流体中的物体受到一个浮力，其大小等于该物体所排开的流体所受重力。而什么是浮力呢？浸在液体或气体里的物体受到液体或气体竖直向上托的力叫作浮力。浮力的方向和重力的方向相反，是竖直向上的。在液体和气体中都有浮力的存在。

扬子江

宋·文天祥

几日随风北海游，回从扬子大江头。

臣心一片磁针石，不指南方不肯休①。

注释

①休：罢休。

翻译

被元兵扣留数日（相当随风去北海游玩过），终于脱险回到南方。臣的心好似一块磁铁，不指向南方誓不罢休。

读诗词，学物理

《扬子江》是南宋著名的爱国大臣文天祥的作品。公元1274年至1275年，南宋的朝局十分混乱，军事重镇安庆落入元军之手，临安岌岌可危。谢太后临朝，要求各地派兵来给皇帝提供帮助。当时文天祥所任的官职是赣州知府，听说这一消息以后，他痛哭失声，不惜变卖自己的家产，募集义军北上，保护京师，他的抗元之路由此掀开了篇章。不久，在和元军谈判时，文天祥因为大声指责元将伯颜而被抓。他历经磨难才从敌人的魔窟中逃了出来，在南下的途中，他写下了《扬子江》这首爱国热情无比浓烈的诗篇。

"几日随风北海游，回头扬子大江头。"诗人在开头两句描述了自己逃脱关押，绕道北行，在海上孤苦伶仃地漂泊了几天以后，好不容易回到扬子江的艰难过程，并进而把后面抒情的部分引出来。"臣心一片磁针石，不指南方不肯休。"磁针石就是指南针，在古代航海时，它是必不可少的工具，人们正是凭借它，才能在辽阔的大海中找到前进的方向。诗人用指南针作喻体，用自己的内心作本体，可谓独具匠心，不但和"几日随风北海游"的渡海经历相呼应，而且还把自己坚定的抗元决心和爱国之情表现得淋漓尽致。

　　正是因为诗人的心一直向着南宋，所以他才绕道北行，再次回到扬子江头，那么指南针一直指向南方又是何故呢？

　　原来，我们所生活的地球就是一个大磁体。它的磁场的南北极和地理的南北极刚好是反过来的。即，地球磁场的南极和地理的北极所在位置差不多，而地球磁场的北极和地理的南极所在位置差不多。我们知道，两个磁体间同性相斥、异性相吸。所以，指南针（磁体）的南极所指的方向就是地球磁场的北极，也就是地理的南极。

科学图解·指南针

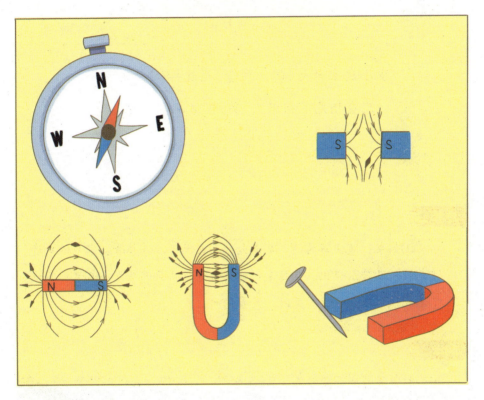

　　磁体的周围存在磁场，虽然我们看不见它，也摸不到它，但它却真实存在，会对放入其中的磁体产生影响。正是因为磁场看不见，人们才想到了用磁感线来表示磁场的分布、方向和强弱的办法。磁感线越密集的地方，表示这里的磁场越强，而磁感线越稀疏的地方，表示这里的磁场越弱。

　　如果我们把一根线拴在条形磁铁的中间位置，把它悬挂起来，然后转上几圈，等磁铁静止后，我们会发现磁铁的一端指向南方，一端指向北方。就算再多转几次，结果也是一样的。

回乡偶书①二首·其一

唐·贺知章

少小离家老大②回，乡音③无改④鬓毛⑤衰⑥。
儿童相见不相识⑦，笑问⑧客从何处来。

注释

①偶书：随便写的诗。②老大：年纪大了。③乡音：家乡的口音。④无改：没什么变化。⑤鬓毛：额角边靠近耳朵的头发。⑥衰：减少。⑦不相识：不认识。⑧笑问：笑着询问。

翻译

年少时，我就离开家乡外出闯荡，兜兜转转，直到年纪大了才回来。虽然我的乡音依旧，但鬓角的头发却早已花白了。

路上遇到家乡的孩童，他们一个个都不认识我，反倒笑着问我是从哪里来的客人。

读诗词，学物理

　　《回乡偶书二首》是唐代诗人贺知章在晚年创作的组诗，共两首。我们选取的是组诗中的第一首，也是贺知章众多作品中传诵度最高的一首。

　　在这首诗中，诗人为我们勾勒了一幅久客异乡的游子重归故里时的温馨场面。离开时，还是个青葱少年，如今归来，却早已变成鬓角发白的老者，可见离开家乡之久。看到眼前这个上了年纪的老人，家乡的孩童误以为他是路过这里的旅人，却不知道眼前的老人是自己的同乡人呢！

　　寥寥数字，贺知章就将游子重归故里的情景描绘了出来，同时也将这其中的复杂情绪一一宣泄出来。旅居在外多年，重新回到故乡后，游子的心情是激动的，然而此时的自己却已到暮年，激动之余，心里又多了几分悲凉的

感慨。

小朋友们，你们能理解和感受这种复杂的心情吗？说到这里，让我来考考大家：你们知道诗中这个归来的游子身上，有什么东西是没变的吗？

没错，虽然游子的年岁增长了，容颜变老了，但他的乡音并未改变，只要一开口，他还会说出那口纯正的家乡话，他的声音依然留有家乡的印记。

小朋友们，你们知道这是为什么吗？

其实，这就和声音的一个特性有关，那就是音色。所谓音色，指的是各种不同的声音所特有的一种特质，它是声音的属性之一。就如同一千个读者有一千个哈姆雷特一样，不同的人，音色也是各不相同的。

不信的话，大家可以仔细听听身边人的声音，看看它们是不是各具特色、各有音色呢！

科学图解·声音的音色

小朋友们，我们都知道不同的声音拥有不同的音色，那你们知道为什么会这样吗？

原因很简单，我们都知道声音是发声体因为振动而产生的，就在振动发声的过程中，由于发声体自身材质、结构等方面的差异，就会导致最终发出的声音的音色各不相同。

比如不同年龄段的人，音色各不相同，老年人的声音普遍低沉一些，中年人的声音要厚重一点，年轻人的声音则更轻灵一些。又比如不同的乐器，发出的音色也各不相同，钢琴的声音要清脆些，小提琴的声音要悠扬一些。

正因如此，音色成了能够用来区分人或乐器的标准之一。

　　说到这里，需要给大家说明的一点是：作为分辨声音的一种标准，音色绝不能被冠以好听、难听之分，我们要允许各种声音的存在，而音色的作用就好比汽车的车牌号，起到区分个体的功能。

　　所以，我们绝不能因为个人喜好而对别人的音色妄加评论。

春　晓

唐·孟浩然

春眠不觉①晓②，处处闻③啼鸟④。

夜来风雨声，花落知多少⑤。

注释

①不觉：不知不觉。②晓：天刚亮的时候。③闻：听见。④啼鸟：鸟的啼叫声。⑤知多少：不知有多少。

翻译

春日已至，一觉醒来已经是天色大亮了，四周传来鸟儿清脆的叫声。仔细一想，昨天晚上下了场大雨，不知道又有多少鲜花被风雨吹落了。

读诗词，学物理

　　说到《春晓》，可谓是无人不知、无人不晓了吧！这首诗是唐代诗人孟浩然的代表作，也是一首传诵千古的名作，甚至还被选进小学课本，成为小学生们必学的诗歌之一。

　　写这首诗的时候，孟浩然正在鹿门山隐居，当他清晨醒来，看到漫山遍野的美丽春景，便匆忙提笔书写，用短短二十个字勾勒了一幅活灵活现的春日图景。

　　小朋友们，快和我一起去看看诗人都看到了哪些美景吧！

　　你们听——清晨的山谷，时时响起清脆的鸟鸣声，它们似乎是在开音乐会，叽叽喳喳，你一曲我一曲，丝毫没有作罢的意思。

　　你们看——昨夜的一场春雨，把树枝上刚刚绽放的花朵浇了个透，不少

花瓣被风雨打落，飘落到了地上。

不得不说，孟浩然的这首小诗，写得实在是太妙了，即使没有华丽的辞藻、绝妙的艺术手法，但整首诗很耐读，并且越读越有韵味，在平淡中透露着别样的韵致，达到了视觉、听觉乃至味觉的高度统一。

说到这里，小朋友们，你们知道在寂静幽深的山谷中，诗人是如何做到"处处闻啼鸟"的吗？很简单，是因为声音的传播呀！

我们都知道，声音是可以在空气中传播的，当鸟儿叽叽喳喳鸣叫时，它们的声音会借助空气传播出去，这样一来，诗人就能听到鸟儿的叫声了。

科学图解·声音的传播

说到声音，它的产生需要一定的条件，也就是发声体的振动，而它的传播，就更需要一定的介质才能实现了。

就像儿歌里唱的："两个小娃娃呀，正在打电话呀，喂喂喂，你在哪里呀？哎哎哎，我在幼儿园。两个小娃娃呀，正在打电话呀，喂喂喂，你在做什么？哎哎哎，我在打电话。"小朋友们，你们有没有玩过打电话的游戏呢？用一根线将两个纸杯连接起来，然后隔着一定的距离用纸杯打电话，真的能从纸杯里听到对方的声音。要知道，这个小游戏的原理，其实就是声音通过介质来进行传播的。

当然，除了空气，声音还能在水里传播，早在公元1827年，科学家们就通过实验证明了这一点，并且还测出了声音在水里传播的速度。

小朋友们，你们是不是觉得这很奇妙呢？

提到声音的传播速度，如果用更专业一点的词语来表达，那就是"声速"，它指的是声音在介质中进行传播时的速度。不同的传播介质，所产生的声速也是各不相同的，包括温度、湿度、密度等在内的因素，都能在一定程度上影响声音传播的速度。

不信的话，大家可以和爸爸妈妈一起做做实验。

登 高①

唐·杜甫

风急天高猿啸哀②，渚③清沙白鸟飞回④。

无边落木⑤萧萧⑥下，不尽长江滚滚来。

万里⑦悲秋常作客⑧，百年⑨多病独登台。

艰难苦恨繁⑩霜鬓，潦倒新停浊酒杯。

注释

①登高：重阳节习俗。②猿啸哀：长江三峡中猿猴的叫声。③渚（zhǔ）：水中小块陆地。④回：回旋。⑤落木：秋天飘落的树叶。⑥萧萧：风吹落叶的声音。⑦万里：远离故乡。⑧常作客：长期漂泊他乡。⑨百年：诗中指晚年。⑩繁：增多。

翻译

天高风急，长江三峡两岸的猿声听起来格外的凄切悲凉，群鸥在水中的陆地上嬉戏盘旋，飞来飞去。

窸窸窣窣的响声中，无数的秋叶正在飘落，望不到头的长江也正在奔流不息地滚滚涌来。

30

　　面对此情此景，不禁为自己常年漂泊他乡而感到悲戚，如今到了晚年，我只能独自一人去登台了。

　　日益增多的白发让我心生憾恨，就在这困顿潦倒之时，我却因为生病无法借酒消愁。

读诗词，学物理

　　《登高》是唐代诗人杜甫的代表作之一。

　　我们都知道，比起浪漫主义的诗仙李白，杜甫是一个写实主义诗人，并且他生来就有一种悲凉悯怀的气质。

　　创作这首诗的时候，杜甫已是晚年，此时的他流落他乡、穷困潦倒，甚至连身体也大不如从前，当杜甫登高望远，看到秋日辽阔的江景后，便再也压不住内心的愁苦悲寂，提笔将它们一一倾诉出来。

　　整首诗前半部分着重描写登高时看到的景色，杜甫通过形、声、色、态四方面的描写，为我们勾勒出一个视觉与听觉高度统一的美景图；后半部分诗人笔锋一转，着重开始抒情，他从时间和空间的角度，将自己漂泊异乡、身老病痛的困境写出来，让我们深切地感受到他内心的愁苦情绪。

　　小朋友们，读完这首诗，你们有没有感受到杜甫心中的孤独、愁苦和无奈呢？要知道，杜甫可是一位非常爱国的诗人，他的诗里总是充满了忧国忧民的情绪，即便是面对这首诗中描述的困境，杜甫心里却依然牵挂着家国天下。

　　不得不说，杜甫的情怀实在是常人难以企及的，就如同滚滚东流的长江一样，宽广辽阔。

　　说到长江，就不得不提到诗里的"不尽长江滚滚来"一句，奔流不息的长江不仅能为人们提供丰富的水源，而且还能进行水的能量转换，也就是所谓的水的势能与动能间的转换，给人们带来更加丰富的能量资源！

科学图解·水的势能和动能转换

　　小朋友们，就像上面提到的，水不仅是一种自然资源，更是一种绿色能源。

　　生活中，人们最常见到的就是水的势能和动能间的能量转换。所谓水的势能，其实指的就是水流在高处的重力势能，它能被人们用来进行水力发电。而就在这一过程中，水的势能成功转换为动能，为人类带来电能，实现势能与动能间的转换。

　　要知道，水是一种具备再生功能的重要能源，在当前生态环境保护日益受到关注的背景下，利用水能来进行发电成了人们获取能量的重要方式。

　　世界上很多国家都开始利用水来获取能量，水资源也由此成为使用前景十分广阔的资源之一，包括河流、潮汐、涌浪等在内的水运动，也都成为水能发电的重要载体。不得不说，滋养人类生命的水源，真的是在拼尽全力地为人类提供优越的生存条件啊！

　　正因如此，小朋友们，我们更应该好好保护水资源，不让它受到污染和破坏，要知道，保护水资源其实就是在保护我们人类自己的生命。

寒　夜

南宋·杜耒

寒夜①客来茶当酒，竹炉②汤沸③火初红。

寻常一样窗前月，才有梅花便不同。

注释

①寒夜：冬天的夜晚。②竹炉：套着竹篾做的套子的火炉。③汤沸：热水沸腾。

翻译

冬天的晚上，家里来了客人，只能以茶代酒，火炉红红火火地燃烧着，壶里的水不停地沸腾着，升腾的热气让屋里变得暖和了。

那轮出现在窗前的明月，和平日里并没多大区别，但在几枝梅花的陪衬下，这轮明月似乎又显得有些与众不同了。

读诗词，学物理

《寒夜》是南宋诗人杜耒的代表作，也是《千家诗》中的一首，传诵度很高，其中"寒夜客来茶当酒"一句更是被人们当作口头语使用呢！

要说这首诗描绘的场景，其实很简单。不信你们看——在寒冷的冬夜，诗人家里来了客人，由于冬夜较冷，诗人以茶代酒，一边在炉火边烧火煮茶，一边闲谈。

怎么样，是不是很有画面感呢？接下来还有更有画面感的场景呢！小朋友们快看——在屋里闲聊之际，诗人的目光由屋内转向屋外，透过那扇开着的窗户，一轮明月出现在眼前，旁边还有一株梅花探出脑袋，仿佛是想和月亮一起偷看屋里的人在干什么呢！

哈哈，难怪诗人最后会说这轮明月在梅花的映衬下变得有些不同于往日呢！

就在这时，耳边传来一阵"咕嘟咕嘟"的声音，小朋友们快听听，这是什么声音呢？没错，就是煮茶的声音。

由于炉火烧得很旺，茶壶里的水都煮开了，正在咕嘟咕嘟地往外冒白气呢，此时此刻，茶壶里正发生着奇妙的物理变化呢！

科学图解·水的沸腾

小朋友们，你们知道上面提到的奇妙的物理变化是什么吗？

相信很多小朋友都已经猜到了，没错，这个奇妙的物理变化就是水的沸腾。当水受热，温度超过它自身的饱和温度后，也就是达到它自身的沸点后，就会在水的内部和表面发生剧烈的汽化反应，这就是水的沸腾。

除了水，其他液体也都会有此反应，并且不同的液体的沸点也是不同的。当然，即使是同一种液体，它的沸点也会有所不同，这主要受到包括压强在内的外界环境的影响。

不难看出，要想让液体达到沸腾状态，必须让其达到沸点，此外还需要让液体持续从外界吸热，这样一来，沸腾的条件就满足了，而沸腾的状态也就实现了。

说到这里，有生活经验的小朋友肯定会产生这样一个疑问：沸腾和蒸发有什么联系和区别呢？

要知道，沸腾和蒸发都是生活中常见的两种现象，它们都是液体汽化的反应方式，并且在反应过程中都需要吸收热量。

不同的是，蒸发不需要达到沸点，它在任何温度下都能发生，并且在反应过程中没有气泡产生，相反，沸腾则需要达到沸点，并且在反应时会有大

　　量的气泡出现。换言之，蒸发现象与沸腾现象是包含与被包含的关系，也就是说沸腾现象是包含在蒸发现象之中的。

　　小朋友们，现在你们理解沸腾和蒸发的关系了吗？

望天门山①

唐·李白

天门中断②楚江开③，碧水东流至此回④。
两岸青山相对出⑤，孤帆一片日边来⑥。

注释

①天门山：山名，在今安徽省芜湖市。②中断：从中间隔断，断开。③开：劈开，断开。④回：迂回，回转。⑤出：突出，出现。⑥日边来：形容孤舟仿佛从太阳那边驶过来。

翻译

一望无际的长江，将天门山从中间一分为二，分立长江两岸，这碧绿的江水浩浩荡荡地奔流至此，然后转向折回。

屹立在长江两岸的青山相对而望，那江面上的一叶孤舟看上去仿佛是从太阳那边驶过来的。

读诗词，学物理

　　小朋友们，我们都知道诗仙李白是个自由不羁的浪漫主义诗人，他一生的绝大多数时间都在"路"上，没错，用现在的话来说，诗仙李白就是个旅游博主，一边游历四海，一边写诗，将旅途中的所见所闻所感所想——写下来，给后世留下了不少佳篇名作，这首《望天门山》就是李白游历长江、途经天门山时创作的。

　　小朋友们，快来让我们一起跟随李白的文字来感受天门山的美景吧！

你们看——浩浩荡荡的江水将天门山一分为二，这就好像是怒涛冲破了"天门"的防守，开辟出一个新出口，只不过，天门山绝不是这么轻易就能冲破的，快看！那浩浩荡荡奔流而去的江水，在经过两座山之间最为狭窄的通道时，又被激流折返了，惊涛拍岸，而后浩浩荡荡地继续向东流去。

面对如此壮阔的景象，李白以一个"望"字点题，他以江面上缓缓飘来的孤帆为参照，将原本静止的天门山动态化，仿佛这两座立于长江两岸的山正缓缓朝他迎面走来。

不得不说，李白不愧是诗仙，用短短二十八个字，就将天门山一带的壮阔美景描绘出来，并且还在其中引入了一定的物理知识，如果李白不当诗人的话，那他肯定能成为一个物理学家！

说到这里，小朋友们肯定都知道李白在这首诗里提到的物理知识是什么了，没错，这个物理知识就是物体运动的相对性。所谓物体运动的相对性，其实指的就是对同一个物体来说，如果选取不同的参照物进行判断，那么这个物体的状态既可以是运动的，也可以是静止的。简单来说，参照物不同，同一物体的运动或静止状态就有所不同。

小朋友们，你们理解这个物理知识了吗？如果理解的话，那就赶快找个参照物来判断，看看你们此时此刻是静止还是运动呢？

科学图解·物体的运动和静止

小朋友们，严格来说，其实物体的运动或静止状态，在本质上是相对的。

要知道，由于我们生活的地球一直处于自转和公转之中，因此，地球上的一切事物都是处在运动之中的。这样一来，物体的绝对静止状态就是不复存在的了。

　　然而，就像前边提到的，物体的运动或静止状态其实是相对的，如果我们选取不同的参照物，那么物体的状态判断结果就会有所不同。

　　换言之，要判断出一个物体究竟是处于运动状态还是静止状态，关键要看我们选取的参照物，参照物不同，最终判定的结果就会有所不同，而这，就是物体运动和静止的相对性。

举个简单的例子，大家肯定都坐过火车，如果我们拿火车车厢当参照物，那么车厢里的人就是静止状态，因为他们一直待在车厢里；可如果我们拿地面作为参照物，那么车厢里的乘客就是运动的，因为他们会跟随火车一起由一个地方行进到另一个地方。

　　怎么样，现在大家理解物体运动和静止的相对性了吧？

归园田居·其三

魏晋·陶渊明

种豆南山①下，草盛豆苗稀②。

晨兴③理荒秽④，带⑤月荷⑥锄归。

道狭⑦草木长⑧，夕露⑨沾⑩我衣。

衣沾不足惜，但使愿无违。

注释

①南山：庐山。②稀：稀少。③兴：起床。④荒秽：野草。⑤带：作"戴"，意为披。⑥荷（hè）：扛着。⑦狭：狭窄。⑧草木长：草木丛生。⑨夕露：傍晚的露水。⑩沾：打湿。

翻译

在南山下面的野地里种了豆子，只是豆子没长多少，杂草反倒长得十分茂盛。

清晨起床去地里除草，直到傍晚月亮出来了以后，才扛着锄头回家。

狭窄的小路上长满了杂草，草上的露水很快就把我的衣服打湿了。

衣服湿了没多大事儿，只希望我能始终坚守归隐的初心。

读诗词，学物理

　　《归园田居》是诗人陶渊明的代表作，也是完美表达他淡泊隐世、躬耕自然的佳作。

　　不得不说，如今快节奏的生活确实让人们的生活失去了自然纯真的味道，对于每天奔波于喧闹城市的人来说，宁静祥和的田园生活反倒成为他们的向往。

　　小朋友们，下面就让我们一起跟随陶渊明的诗歌，去体会一下他那令人向往的田园隐居生活吧！

　　快看！在南山山脚下，诗人正握着锄头除草，这片山脚之下的土地，诗人想要播种的豆苗长得稀稀疏疏，青翠的绿草反倒长得十分茂盛，稍不注意，还以为这块地就是片野草地呢！诗人一大早天刚亮就来地里除草，一直忙到月亮爬上天空才准备回家。

由于夜晚天气渐冷，温度下降，空气中的水汽都液化成了露珠，散落在诗人回家沿途的草叶上，从这里走过，诗人的衣服很快就被打湿了。如果换作普通人，可能会因为疲劳而感到气愤，诗人却对此乐此不疲，甚至还更加坚定了自己归隐田园的决心。

不得不说，陶渊明的思想境界确实非常人所能及，这也是他能为后世铭记和敬仰的原因所在。

当然，和诗仙李白一样，陶渊明也在这首诗里提到了一个物理知识，是什么呢？

没错，这个物理知识就是物理学中的液化。所谓液化，指的是物质的状态由气态转变为液态的过程，在这个过程中，会有热量释放出来，因此液化过程在本质上是一个放热过程。

说到这里，让我来考考大家，小朋友们，你们知道生活中有哪些液化现象吗？赶快和同学们一起探讨探讨吧！

科学图解·液化

　　小朋友们，你们知道吗？作为一种常见的物理现象，液化在生活中还是非常重要的呢！为什么这么说呢？给大家举个例子吧！

　　你们肯定都知道天然气，也肯定都见过公路上行驶而过的运输天然气的大卡车。其实，天然气在运输以前，需要进行液化处理，这是因为液化后的气体，体积会变成原体积的千分之一，这样一来，如果将天然气进行液化处

理后再进行运输，就能让它的运输和贮藏变得更加方便和高效，还能节省时间成本和人力成本。

那么，液化过程究竟是如何实现的呢？其实，液化过程主要有两种方式：第一种方式是降低温度，第二种方式是压缩体积。

当然，除了将液化应用到天然气的运输工作中去，我们的日常生活中也存在不少液化现象。比如，在炎热的夏天，当我们打开冰箱时，会从中冒出白气，而从冰箱里拿出来的冰棍，也会冒气，甚至还会在表面结一层薄薄的白膜；又比如，在寒冷的冬天，清晨会有大雾出现，冬天的湖面也会冒出白气……这些存在于生活中的实例，其实都是液化现象。

早 梅

唐·张谓

一树寒梅①白玉条，迥②临村路傍③溪桥。
不知④近水花先发⑤，疑是经冬雪未销⑥。

注释

①寒梅：梅花。②迥（jiǒng）：远。③傍：靠近。④不知：大概是。⑤发：开放。⑥销：通"消"，融化。

翻译

一树梅花在寒冬时节绽放，它洁白的枝条看上去宛如玉条一般。这树梅花远离喧闹的乡间小路，安静地矗立在靠近溪水的小桥边。

过往的人大概是不知道这树梅花因为离溪水近已经绽放了，还误以为它是冬天里还未消融的白雪呢。

读诗词，学物理

《早梅》是唐代诗人张谓的代表作，也是一首经典的咏梅诗。

提起梅花，小朋友们肯定都不陌生，作为古代文人墨客最喜欢的创作对象之一，梅花自古以来就是文学作品中的佼佼者，人们喜爱梅花，不仅因为它的芳香扑鼻，更是因为它所表现出的高洁冷艳，以及它所蕴含的凛然不屈的高贵品质。正是因为这样，梅才和兰、竹、菊并称"花中四君子"。

好了，话不多说，小朋友们，让我们一起来看看诗人张谓是如何描写梅花的吧！

你们看——在宁静的小桥流水边，一棵梅花树正迎着凛冽的寒风绽放，洁白的花朵看上去就像是叠落在树枝上的白雪，让人们误以为是冬雪还未消融呢！

短短二十八个字，诗人张谓没有浓墨重彩地描写梅花的美，而是以轻描淡写的手法，将梅花的颜色、形状以及梅花周围的景色、季节环境交代清楚，让人们在感受梅花绽放的美感的同时，也体悟到它所传达的不畏严寒、凛然不屈的品质。

特别是在最后一句诗里，诗人用一个"销"字，将白雪的特性加到梅花身上，让人们明白比起融化的白雪，梅花似乎表现得更勇敢一些，同时也让人们在原本平静的画面中，感受到一丝跃动。

说到融化，这是日常生活中最为常见的一种物理现象，常常被用来表示冰雪消融，即由于温度的上升而导致的物体形态改变的过程。当然，除了物理学层面的含义，融化也常被用在文学创作中，用来表达人心因为感受到温暖而变得柔软的意思。

科学图解·融化、溶化、熔化

汉字的魅力，在于它的博大精深，就拿同音字词来说吧，它们虽然有着相同的读音，却表达着各不相同的含义。就比如"融化、熔化、溶化"三个词吧，小朋友们，你们知道这三个读音相同的词有什么不同吗？

就像之前讲到的，融化是生活中常见的一种物理现象，常常用来表示冰雪消融。和融化一样，熔化也属于物理学范畴，它的意思和融化差不多，表示的都是物体因为受热而发生形态改变的过程。只不过，熔化的过程是需要吸收热量的，并且一般指的是固态物质因为吸热而变成液态的过程，比如坚硬的铁被加热到一定程度后，就会变成液态的铁水哦！看到这里，小朋友们

肯定会忍不住感叹：难怪熔化的"熔"是火字旁呢！

　　不同于融化和熔化，水字旁"溶"的溶化，还包含化学过程，常用来表示固体物质的溶解，或者是固体物质在液体中的扩散。在这个溶化的过程中，必须有液体存在，小朋友们肯定又会感叹：难怪溶化的"溶"是水字旁呢！

静夜思

唐·李白

床^①前明月光，疑^②是地上霜。
举头^③望明月，低头思故乡。

注释

①床：坐卧的器具。②疑：好像。③举头：抬头。

翻译

　　皎洁的月光透过窗户洒到床前的地上，看上去就仿佛是地上铺了一层薄薄的霜。

我忍不住抬头看向空中的那轮明月，心中顿生一阵思念，不由得低头想念远方的家乡。

读诗词，学物理

《静夜思》可以算作是一首人人都能朗朗上口的诗了，它也是诗仙李白最具代表性的作品，更是众多思想诗中的典范之作。

我们都知道，诗仙李白的一生，可谓跌宕起伏、精彩至极。他远离故土、游历四方，在看尽群山群水、世间百态的同时，也会将自己的所思所感所想化作文字，创作成一首首经典之作，比如这首《静夜思》就是传唱千古的名作。

小朋友们，下面让我们一起来看看诗仙李白在想家的时候是怎么做的吧！窗明几净的晚上，皎洁的月光穿过窗户照了进来，诗人站在窗前抬头望月，就在低头的一瞬间，他心中对家乡的思念更加深重了。

在这首诗里，李白没用多么精美的词语，也没有过多的想象，只是用非常简洁的字眼，将深夜望月思乡的意境描绘出来，从"举头"再到"低头"，两个最简单的动作，却完成了最深沉的情感表达和传递。

不得不说，李白真不愧为诗仙呢！小朋友们，你们觉得呢？

特别是李白将洒在地上的月光误以为是霜，这个误会实在是太美妙了！说到这里，小朋友们，你们知道霜是怎么形成的吗？

其实，霜是秋冬季节常见的一种自然现象，它的形成原理是物理学中的凝华过程。所谓凝华，指的是物质直接跳过液态形态，由气体转为固体的过程。简单来说，霜其实是空气中的水汽因为温度和气压的降低，直接从气态变为固态而形成的产物。

小朋友们，下次看到霜的时候，你们可要仔细瞧瞧，看看它们是否真的和洒在地上的月光一样！

科学图解·凝华

小朋友们，你们知道凝华过程是如何实现的吗？

一般来说，凝华的实现离不开两个原因，一个是气温的急剧降低，另一个是升华现象的发生。

除了秋冬时节常见的霜以外，生活中还有很多凝华现象呢！

比如灯泡，大家肯定都见过吧，那你们有没有发现，长时间使用过后的灯泡，会从透明色变成黑色，你们知道这是为什么吗？

其实，当灯泡工作时，里边的钨丝会因为长时间受热而发生升华现象，从而在灯泡内产生钨蒸气。当这些钨蒸气在灯泡四壁上受冷后，就会发生凝华现象，直接由气态变成固态，在灯泡四壁上留下一层固态钨。这些固态钨慢慢堆积起来，灯泡就会由透明变黑了。

　　说到这里，小朋友们快去看看家里的灯泡有没有发黑，如果发黑了，那就证明灯泡曾经发生过凝华现象。

白雪歌送武判官①归京

唐·岑参

北风卷地白草②折，胡天③八月即飞雪。

忽如一夜春风来，千树万树梨花④开。

散入珠帘⑤湿罗幕，狐裘⑥不暖锦衾薄⑦。

将军角弓不得控，都护铁衣⑧冷难着。

瀚海⑨阑干百丈冰，愁云惨淡万里凝。

中军置酒饮归客，胡琴琵琶与羌笛。

纷纷暮雪下辕门，风掣⑩红旗冻不翻。

轮台东门送君去，去时雪满天山路。

山回路转不见君，雪上空留马行处。

注释

①武判官：官职名。②白草：西北地区的一种牧草。③胡天：塞北的天空。④梨花：比喻雪花积在树上，像梨花一样。⑤珠帘：形容帘子华美。⑥狐裘：狐皮袍子。⑦锦衾薄：形容天气很冷。⑧铁衣：铠甲。⑨瀚海：沙漠。⑩风掣：红旗被雪冻住，风无法吹动。

翻译

凄冷的北风席卷大地，几乎要将地上的白草吹折，仲秋八月的时节，塞北的天空就已经开始飘雪了。

似乎是在一夜之间，春风吹过，树上开满了雪白的梨花。

冰冷的雪花从窗户飘了进来，浸湿了帐幕，这种时候，即便是穿了狐皮袍，也会感觉到寒冷。

将军的兽角弓被冻得拉不开了，都护的铠甲也因为天气寒冷而无法上身。

无边无际的沙漠被冻成百丈坚冰，长空之上，愁云正在那里凝结。

此时的营帐中，人们正在为回京的人摆酒送行，耳畔有琵琶、羌笛和胡琴的合奏声。

傍晚时分，辕门外突然飘起漫天大雪，红旗因为被冻住了，根本没法在大风中飘扬。

在轮台东门那里，送别回京人，白茫茫的大雪，将四周严严实实地盖了起来。

蜿蜒曲折的山路，已经无法看到回京人的身影，双眼所能看到的，唯有地上遗留的马蹄脚印。

读诗词，学物理

《白雪歌送武判官归京》是唐代诗人岑参创作的一首七言古诗，也是历史上有名的一首塞外送别诗。

下面，就让我们一起跟随诗人，去看看古人送别的场景吧！

你们看——漫天的大雪，伴随着凄冷的寒风呼啸而下，塞北的旷野很快就变成了一片白茫茫的雪地。在暖和的营帐里，伴着一阵乐声，诗人举起酒杯为友人践行。走出营帐后，冰雪瞬间袭来，友人的身影消失在白茫茫的大雪里，留下的只有雪地里的那串马蹄印。

看到这里，大家是不是也感到一阵哆嗦，忍不住打个寒战呢？

要说这首诗里最有名的一句，莫过于"忽如一夜春风来，千树万树梨花开"。诗人把落在树上的积雪比作春天绽放的梨花，在寒冷的冬天营造出一丝春天的暖意，构思十分奇特。

不过，这首诗里还有另一句值得我们品读，这就是"瀚海阑干百丈冰，愁云惨淡万里凝"，在这句诗里，诗人提到了一个有趣而又常见的物理现象，那就是——凝固。

从物理学的角度来说，凝固指的是温度降低的过程中，液态的物质会变成固态。放在"瀚海阑干百丈冰"这句诗里来看，厚厚的积雪一层层落在地上，其中有一部分积雪会因为大地的温度而慢慢消融，但此时随着温度不断下降，消融的积雪会发生凝结，最终变成坚硬的冰块，也就是诗人所写的"百丈冰"了。

不得不说，诗人岑参不仅会写诗，而且还挺懂物理现象！

科学图解·凝固妙用

　　不仅是自然界，在我们的日常生活里，凝固现象也是极其频繁的，甚至有时候，凝固还能用来保存食物呢！

　　小朋友们，你们肯定都见过冷冻食物。无论是你们自己家里的冰箱、冷柜，还是超市里的大冷柜，里边都摆放着被冻得结结实实的食物——各种肉类、水饺、馄饨……

　　那你们知道，为什么要将这些食物冷冻起来吗？

　　其实，冷冻食物就是应用了凝固的原理，将食物放在低温的冰柜里，食物内部的水分就会发生凝固从而变成固体，这样做，不仅能减慢食物腐坏的进程，而且还能抑制食物内部的微生物的繁殖，让食物的保质期能更久一点。

　　这一点，你们学到了吗？

水槛①遣心二首·其一

唐·杜甫

去②郭轩楹③敞④，无村眺望赊⑤。

澄江平少岸⑥，幽树晚多花。

细雨鱼儿出，微风燕子斜。

城中⑦十万户，此地两三家。

注释

①水槛(jiàn)：指水亭的槛。②去：远离。③轩楹：指草堂的建筑物。④敞：开朗。⑤赊：长，远。⑥澄江平少岸：澄清的江水与岸边齐高。⑦城中：成都。

翻译

草堂坐落在距离城郭较远的地方，这里的轩楹十分宽敞，放眼望去，视野相当开阔。

澄清的江水几乎与岸边齐高，四周的树木映照在落日之下，如同锦绣一般的鲜花开放着。

蒙蒙细雨袭来，水中的鱼儿时不时跳出来，燕子也在阵阵微风中斜着身

子飞过。

　　成都城里大约有十万多户人家，这里却只有两三户人家。

读诗词，学物理

　　《水槛遣心二首》是唐代诗人杜甫的作品，整首诗由近及远，通过草堂、澄江、幽树、细雨、鱼儿、微风、燕子等物象，表达了诗人在远离喧嚣后，悠然闲适、自得其乐的悠闲心情。

　　特别是"细雨鱼儿出，微风燕子斜"一句，历来为人们所传诵。在这句诗里，诗人用寥寥十个字勾勒出一幅生动灵活的画面：微微细雨，鱼儿在水里欢快地游动，时不时跃出水面；微风阵阵，燕子倾斜着身体由此飞过。

　　小朋友们，你们觉得这幅画面美吗？

　　其实，除了生动的画面感外，诗人还在"细雨鱼儿出"一句中留了悬念，

是什么呢？让我来告诉大家吧！"细雨鱼儿出"这句其实隐含了一个物理知识点，那就是氧在水中的溶解度。

我们都知道，氧气能够溶于水，当它溶于水的速度和水中透出氧气的速度相同时，100克水里边的氧的含量，就被称作是氧在水中的溶解度。

氧在水中的溶解度受多重因素的影响，比如水温、水深浅、水中含盐量、氧分压等都会对氧在水中的溶解度造成影响。氧在水中的溶解度的高低与水温的高低成反比。也就是说，当水温越高，氧在水中的溶解度就越低，相反，当水温越低，氧在水中的溶解度就会越高。

科学图解·汽水的秘密

小朋友们，你们喝过汽水吗？相信很多小朋友都会回答：喝过。

作为饮料中的一种，汽水是人们在日常生活中常见的休闲解压饮品，特别是在炎热的夏季，如果能喝上一口清凉解暑的汽水，那感觉简直要飞上天了。

那小朋友们，你们知道汽水是什么做的吗？它为什么会这么受欢迎呢？

其实，作为一款清凉饮料，汽水的主要配料是糖、柠檬酸、香精、食用色素等，除了这些必要的配料，汽水的灵魂配料就是二氧化碳。

是的，你们没有听错，就是普通的二氧化碳，它可是汽水最不可或缺的成分，也是汽水如此好喝、如此受欢迎的秘密所在。

一般来说，汽水在生产环节，会有 2~3 个标准大气压的二氧化碳被密封

进糖水里，当二氧化碳遇到水，就会发生化学反应，从而产生碳酸。当人们喝下汽水后，鼻腔中感受到的那股刺激的味道，就是碳酸产生的。虽然这股刺激性的味道会让鼻腔感到短暂的不适，但这正是汽水的魅力所在，也是人们喜欢喝汽水的原因。

当然，除了味蕾上的刺激体验，汽水在生活中还有很多妙用呢！比如身体除感冒外感到燥热时，可以喝几口汽水，用不了多久，身体就能降温；又比如用汽水和面来做面食的话，会做出非常蓬松暄软的面点！

小朋友们，你们要是不信的话，可以亲自去试试看！

化学篇

HUAXUE PIAN

闲居初夏午睡起·其一

宋·杨万里

梅子①留酸软齿牙②，芭蕉分绿③与④窗纱。

日长睡起无情思⑤，闲看儿童捉柳花⑥。

注释

①梅子：一种味道很酸的果实。②软齿牙：形容梅子的酸味让牙齿不舒服。③芭蕉分绿：形容芭蕉的绿色照在纱窗上。④与：给予。⑤无情思：无所适从，不知做什么好。⑥柳花：柳絮。

翻译

梅子的味道实在是太酸了，吃完后牙齿还要酸上一阵，那翠绿的芭蕉叶长势喜人，绿荫都映衬到纱窗上去了。夏日午后，一觉醒来闲来无事，只好静静地看着孩童们在院子里追着空中的柳絮玩。

读诗词，学化学

对每个人来说，夏天都是个好季节，各种瓜果组成了这个季节的美食盛宴，有西瓜、桃子、杏……当然也包括杨万里在这首诗里写到的"梅子"。

小朋友们，下面就让我们一起来看看杨万里在这首诗里描绘的欢乐场景吧！快看——夏日午后，梅子成熟、芭蕉正绿，诗人悠闲地睡完午觉后，静静坐在院中观望孩童们嬉戏追逐。

短短二十八个字，诗人用"梅子""芭蕉""柳絮"等物象勾勒出浓重的夏日氛围，又用孩童们嬉戏打闹的场面为夏日增添了童趣。当然，最有趣

的还要数诗人对梅子口味的描写，"梅子留酸软齿牙"，一个简简单单的"酸"字，就将夏日独有的味觉体验展现出来。

小朋友们，你们吃过梅子吗？你们感受过梅子的酸味吗？你们的牙齿会因为吃了梅子而感到些许不适吗？

从食学的角度来看，酸味本质上是一种再正常不过的味道类别了。除了梅子，生活中还有很多酸性味道的食物呢，比如杏、醋、酸豆角、酸菜等，虽然吃了酸味食物会让牙齿感到不适，但这并不影响人们对酸味的喜爱。

科学图解·酸

除了作为一种味道，酸更重要的身份，其实是一种化合物。

在化学领域中，酸的定义有广义和狭义两种。广义的酸指的是能够接受电子对的物质，狭义的酸的定义由化学家阿累尼乌斯提出，指的是在水溶液中电离出的阳离子全部都是氢离子的化合物。

现实生活中，酸的用途是非常广泛的，无论是工业生产还是化学实验，抑或是人们的日常生活，都会使用到酸。根据酸在水溶液里的电离度大小，可以将酸分为强酸、中强酸、弱酸和含氧酸，酸性强度越高，其产生的化学反应就越强烈。

小朋友们，你们知道吗？除了化学反应中形成的酸，自然界里还有许多天然的酸呢！这些酸大多藏在食物中，比如柠檬中就含有柠檬酸，并且这种存在于食物之中的酸都是弱酸，不会对人体产生危害，再比如葡萄中有酒石酸、茶里有单宁酸、醋里有醋酸……

看到这里，大家肯定会惊叹：想不到生活中的酸味这么丰富呀！

不过，要给大家说明的一点是，酸并不都是完美的，有些酸甚至会对我

们生活的环境造成危害呢！首当其冲的就是酸雨，大家肯定听过这个名字，它可是地球生态环境的头号杀手，只要酸雨经过的地方，几乎可以说是寸草不生。

所以，为了不让酸雨破坏我们的生存环境，大家平时一定要爱护环境。

赋得古原草送别

唐·白居易

离离①原上草，一岁一枯②荣③。

野火烧不尽，春风吹又生。

远芳④侵⑤古道，晴翠⑥接荒城。

又送王孙⑦去，萋萋⑧满别情。

注释

①离离：茂盛的样子。②枯：枯萎。③荣：茂盛。④芳：指野草的香气。⑤侵：侵占，长满。⑥晴翠：草原明丽翠绿。⑦王孙：指远方的友人。⑧萋萋：形容草木长得茂盛。

翻译

古原上长满了茂盛的青草，它们生长了一年又一年。

即使是大火也无法将这些青草烧尽，等到春风一吹，它们又会生长起来。

古道被芬芳的野草侵占，放眼望去，青翠的绿色在阳光下将荒城串联起来。

又一次来到这里送别友人，目之所及，茂密的芳草似乎也在倾诉离别之情。

读诗词，学化学

《赋得古原草送别》是白居易的代表作，也是一首传诵度极高的诗歌。

小朋友们，通过这首诗，你们是否感受到诗人描绘的景象以及他想要表达的情感呢？别着急，下面就让我们一起走进诗里去瞧瞧吧！

你们看——茂密的青草覆盖了整片古原，即使大火来袭、被烧得焦黑，这些青草也不惧怕，等到来年春风吹来，它们又会茂密地生长。小朋友们，你们感受到青草身上旺盛的生命力了吗？感受到它们面对困境绝不服输、绝不放弃的决心了吗？

想必白居易一定是被青草身上的这种品质给震撼、感动了，所以他才能用寥寥数字就写出这首传诵千古的佳作呢！

通常来讲，一谈到火，简直可以说是谈虎色变般的反应，并且"火"这个字眼通常是和"燃烧"这个概念联系在一起的。所谓燃烧，其实是一种放热发光的化学反应，小火如果不加以制止，就很有可能导致火势蔓延，最终

变成大火，导致不可弥补的后果。

正所谓星星之火，可以燎原，面对火，我们一定要小心谨慎，千万不可以玩火。

科学图解·燃烧

小朋友们，全世界各地每年都会发生不少火灾，也会因此导致不少悲剧的发生。不难看出，防范火灾这件事还是相当重要的。

其实，从本质上来看，火灾发生的原因，就是可燃物发生燃烧现象后的失控。在燃烧过程中，可燃物会和氧气、燃烧产物之间进行能量的传递，主

要涉及热量、动量和能量间的互动。

说到这里，小朋友们肯定会纳闷：好端端地为什么会发生燃烧呢？

要回答这个问题，就需要知道一个概念：着火点。不同的物质拥有不同的着火点。在正常环境下一旦温度达到某种物质的着火点，就会导致这种物质出现燃烧现象，开始燃烧。这个道理就和远古人的钻木取火一样，如果不断将两根木棍进行摩擦，当摩擦处的温度达到木棍的着火点后，就会发生燃烧现象。

整个燃烧过程，最开始会以冒烟的形式发生，紧接着就会出现最初的

火焰，接下来，随着燃烧过程的蔓延和扩大，火焰会变高变大，烟雾会逐渐减少，燃烧过程的高潮环节到来，等燃烧结束后，就会留下发焦发黑的燃烧产物。

可以说，燃烧是个既危险又难以控制的过程，所以大家平时一定要提高警惕，绝不玩火，小心谨慎。当然，如果我们发现有可疑物燃烧或者已经发生火灾了，就一定要及时寻求帮助，"火警119"一定要记牢。

元 日①

宋·王安石

爆竹②声中一岁除③，春风送暖入屠苏④。
千门万户⑤曈曈⑥日，总把新桃⑦换旧符。

注释

①元日：农历正月初一，即春节。②爆竹：烧竹子时发出的响声，后来演变成放鞭炮。③一岁除：一年逝去。④屠苏：屠苏酒。⑤千门万户：形容人户很多。⑥曈曈：明亮温暖。⑦桃：桃符，用桃木制成，上面绘有神像，是春联的前身。

翻译

伴随一阵接一阵的轰鸣声，一年又将结束了，暖暖的春风送来了新的一年，人们开心地喝着屠苏酒庆贺。

家家户户在阳光的照耀下，显得温暖而明亮，人们正忙着取下门上的旧桃符，换上新桃符。

读诗词，学化学

小朋友们，你们知道一年一度最值得欢庆同时又是最喜庆的时刻是什么时候吗？

没错，就是新年的时候。对炎黄子孙来说，过新年不仅是延续千古的民族习俗，更是刻在华夏子女骨子里的情感依恋。

可以说，只要一提到新年，人们脑海里就会出现各种美好的事物、美好的想象以及美好的祝愿！

下面，就请大家和我一起走进这首《元日》，去看看古人是如何过新年的，同时也去感受感受诗人王安石笔下的新年氛围吧！

小朋友们，你们听——阵阵鞭炮声响彻天际，举杯庆贺声传遍四野，此时此刻，人们正在庆祝新年的到来呢！

小朋友们，你们看——家家户户的门前，人们正在更换桃符，准备以崭新的面貌迎接新年的到来！

没想到古人过新年也是如此的热闹喜庆！看来新年的传统自古以来就是这样呢！

说到这里，小朋友们，你们在过新年时，最喜欢做的事情是什么呢？如果没猜错的话，我想很多小朋友们都会回答：放鞭炮！

哈哈，我也是。要知道，放鞭炮可是非常好玩的呢！用火点燃鞭炮的导线，然后捂着耳朵快速跑到安全的地方，接下来，我们就会听到噼里啪啦的鞭炮声，也会看到火花四溅、烟雾缭绕的奇妙景象。

不过，需要提醒小朋友们的是，放鞭炮这件事的危险度很高，因为它的本质是爆炸，因此，现在禁止燃放烟花爆竹，小朋友们一定要远离这种危险行为哦！

科学图解·爆炸

小朋友们，之前我们提到了，鞭炮燃烧的本质是爆炸反应。那么，大家肯定会疑惑：什么是爆炸呢？

其实，爆炸是一种化学反应，指的是在短时间内发生的能量转化过程，在这个过程中，会出现高温、气体弥散以及强烈的机械效应，并且还会产生极强的破坏性。

现实生活中，大家肯定听过很多爆炸事故，特别是在煤矿开采工地等场所，常常会发生爆炸事故。之所以会这样，是因为这些地方的空气里充斥着大量能够造成爆炸的可燃性物质，一旦这些物质与空气进行包括氧化反应在内的一系列化学反应，就会导致爆炸的发生。

　　按照不同的分类标准，可以将爆炸分成各种不同的类型。比如按照爆炸时燃烧现象的速度来分，就可以将爆炸分为爆轰、爆炸和轻爆三类；又比如按照爆炸时的初始能量来分，可以将爆炸分为核爆炸、化学爆炸、电爆炸、物理爆炸以及高速爆炸等类型。

　　众所周知，爆炸可以算是人类惧怕的众多灾害中较为严重的一种，而它所能造成的破坏也是非常大的。

　　一般来说，爆炸造成的破坏可以大致分为两类：直接性破坏和间接性破坏。直接性破坏指的是爆炸发生时直接引发的破坏，比如建筑物的毁坏等；间接性破坏指的是爆炸的冲击波所导致的破坏，这种破坏会在爆炸原有破坏的基础上，将受害面积和程度向外延伸。此外，爆炸还会导致包括火灾、环境污染以及中毒在内的一系列灾难。

念奴娇·登石头城次东坡韵

元·萨都剌

石头城①上，望天低吴楚②，眼空无物。指点六朝③形胜地，惟有青山如壁。蔽日旌旗④，连云樯橹⑤，白骨纷如雪。一江⑥南北，消磨多少豪杰。

寂寞避暑离宫⑦，东风辇路⑧，芳草年年发。落日无人松径里，鬼火高低明灭⑨。歌舞尊⑩前，繁华镜里，暗换青青发。伤心千古，秦淮一片明月！

注释

①石头城：金陵城，在今南京清凉山。②吴楚：今江浙一带。③六朝：东吴、东晋、宋、齐、梁、陈。④旌（jīng）旗：旗帜。⑤樯橹，桅杆和划船工具，这里代指船只。⑥江：长江。⑦离宫：皇帝在京城以外的宫室。⑧辇（niǎn）路：宫殿楼阁间的通道。⑨明灭：忽隐忽现。⑩尊（zūn）：同"樽"，酒杯。

翻译

从石头城上放眼望去，吴楚两国与天衔接在一起。曾经的六朝胜地，如

今早已不复存在，只有青山江河依旧在那里。回想当年，这片地区战火纷飞、白骨遍野，无数英雄豪杰都随着时间的长河逝去，只留下奔腾的长江在这里东流而去。

东风吹过，行宫的内院显得格外孤寂，那皇帝的车架曾经经过的道路早已支离破碎，到处都布满了野草。日落以后，这里显得格外冷清，只有幽幽的鬼火时隐时现。回想当年，曾有多少年轻貌美的女子在这里跳舞歌唱，然而繁华过后，她们也都青春逝去，满头白发了。如今的秦淮河上，那轮明月依旧在，六朝的繁华却不复存在了，这实在令人悲戚！

读诗词，学化学

《念奴娇·登石头城次东坡韵》是元代诗人萨都剌的代表作，熟悉古诗词的小朋友肯定会发现，这首词无论是格式、词韵还是表达情怀，全都和苏轼的《念奴娇·赤壁怀古》一词十分相近，没错，这首词正是诗人萨都剌仿

《念奴娇·赤壁怀古》而作的一首登临怀古词。

在整首词中，诗人萨都剌以石头城为描写对象，通过古今对比，向我们展现出一幅物是人非的悲凉场景，同时也对导致这一后果的原因进行了分析和探讨，指出纷乱不休的战争最终破坏了石头城的繁华。

读这首词，一字一句都包含了诗人对古往今来的惋惜，特别是词的下阕，诗人伴着月色陷入沉思，开始从王室衰落、宫廷荒芜的角度，继续深挖石头城走向败落的原因。最后，看着曾经繁华，如今却成了荒冢之地的六朝宫殿，诗人心中的惋惜之情溢于言表。

或许是太过悲伤了，诗人竟将荒冢之地里的闪闪磷火比作幽幽的鬼火，顿时，一股阴森冷寂的感觉扑面而来。

不过，小朋友们别害怕，这只是诗人的写作手法罢了，这世界上根本就没有鬼火，诗人看到的其实是自然界中的磷火，它是可燃物在空气中发生自燃的现象。

科学图解·自燃

　　小朋友们，上面我们提到了自燃现象，下面就请大家跟着我一起来深入了解自燃这件事吧！

　　所谓自燃，指的就是一些可燃物质在没有外来火源的情况下，和空气发生化学反应，从而发生燃烧的现象。

　　如果按照热源条件的不同，我们可以将自燃现象分为受热自燃和自热自燃两种情况。所谓受热自燃，指的是物体因为受热达到自身燃点后发生燃烧

的现象；所谓自热自燃，指的是物体在和空气发生氧化反应的过程中，因为达到了自身的着火点，所以自行燃烧起来的现象。

生活中最为人熟知的自燃现象，当属汽车自燃。特别是在炎炎夏日里，由于外部环境的温度过高，加上汽车自身在运行过程中出现的发动机过热、内部温度升高等情况，因此非常容易发生自燃。

要注意的是，如果遇到汽车自燃，一定要撤离到安全地带，同时及时拨打救援电话——火警 119，千万别忘记。

石灰吟①

明·于谦

千锤万凿②出深山，烈火焚烧若等闲③。
粉骨碎身浑④不怕⑤，要留清白⑥在人间。

注释

①吟：吟颂。②千锤万凿：指无数次的锤击开凿。③若等闲：形容看起来很平常的事情。④浑：作"全"，全都。⑤怕：作"惜"，不惧怕。⑥清白：比喻高尚的节操。

翻译

唯有经过无数次的锤击开凿，石灰石才能从深山里开采出来，面对熊熊燃烧的烈火，石灰石表现得极其冷静。

石灰石即使被烧得粉身碎骨也不害怕，它只希望能将自己的一身清白留在人间。

读诗词，学化学

《石灰吟》是明代诗人于谦的代表作。

整首诗中，于谦以石灰为描写对象，通过介绍石灰的开采、锻造以及使用的过程，赋予石灰以人的特点和品格，向我们勾勒出一个敢于自我牺牲、敢于坚持自我并且始终忠诚高洁的石灰形象，读完令人备受鼓舞！

特别是最后一句"粉骨碎身浑不怕，要留清白在人间"，简直让石灰的英雄形象跃然纸上，同时也让我们感受到莫大的震撼，想想石灰在面对考验时，都能表现得如此镇定从容，我们作为人，是不是应该比石灰更勇敢坚毅一点呢？

说了这么多，小朋友们肯定有个疑问，那就是石灰到底是什么呢？其实，从本质上来说，石灰是一种化学物质，主要成分是碳酸钙。一般来说，石灰有生石灰和熟石灰之分，生石灰是纯白色的，它是由石灰经高温分解而成的，化学反应方程为：$CaCO_3 = CaO + CO_2\uparrow$；当生石灰吸潮或者加水后，就会变成熟石灰，也就是说，熟石灰是氧化钙和水反应后的生成物，化学反应方程为：$CaO + H_2O = Ca(OH)_2$。通常，熟石灰经过调配后，会变成石灰浆、石灰膏等，被用来涂装材料或直接当黏合剂使用。

怎么样，现在大家明白什么是石灰了吧？

科学图解·石灰

小朋友们，了解了石灰的基本成分和类型后，下面再让我们一起来了解了解石灰的化学性质吧！

由于石灰的主要成分是碳酸钙，因此它最主要的化学性质，本质上就是碳酸钙的化学反应，即在较高温度的条件下，碳酸钙会经化学反应分解成氧化钙和二氧化碳。

除了这个化学性质外，石灰还有一些别的化学性质，比如具有抗化学性，也就是说石灰能在一定程度上抵御一些具有侵蚀性化学性质的物质的侵蚀，或者它能在一定程度上将这种侵蚀的过程变缓。

又比如，石灰具有抗酸性，一般来说，只要遇到酸，大多物质都会被其侵蚀，但石灰不一样，它虽然也能和酸发生化学反应，但反应速度的大小和快慢，却取决于石灰所含杂质及它们的晶体大小。

现实生活中，石灰具有十分广泛和重要的用途。通常意义上，石灰主要广泛地运用在建筑工业领域，它可是玻璃生产和水泥生产的主原料。此外，石灰还有一系列妙用，比如利用石灰石烧制的较纯的粉状碳酸钙，可用来填充橡胶、塑料、纸张、牙膏、化妆品等；比如利用生石灰来当干燥剂和消毒剂；比如利用熟石灰来中和土壤的酸性，改善土壤；等等。

卖炭翁

唐·白居易

卖炭翁，伐①薪②烧炭南山③中。

满面尘灰烟火色④，两鬓苍苍⑤十指黑。

卖炭得钱何所营⑥？身上衣裳口中食。

可怜身上衣正单，心忧炭贱愿天寒。

夜来城外一尺雪，晓驾炭车辗冰辙。

牛困人饥日已高，市⑦南门外泥中歇。

翩翩⑧两骑来是谁？黄衣使者白衫儿。

手把文书口称敕⑨，回车叱牛牵向北⑩。

一车炭，千余斤，宫使驱将惜不得。

半匹红纱一丈绫，系向牛头充炭直。

注释

①伐：砍伐。②薪：柴。③南山：长安终南山。④烟火色：烟熏色的脸。

⑤苍苍：形容鬓发花白。⑥何所营：做什么用。⑦市：长安的贸易专区。

⑧翩翩：形容得意忘形的样子。⑨敕（chì）：皇帝的诏书。⑩牵向北：牵向宫中。

翻译

有一个卖炭的老人，一年四季待在终南山里砍柴烧炭。

他的脸上因为长时间被烟火熏烤，脸色看起来就像是煤炭一样，两鬓的头发早就变白了，十个手指头也被熏得黑黑的。

这个老人卖炭换来的钱能用来做什么呢？无非是为了填饱肚子、穿暖衣服。

然而可怜的是，老人身上的衣服十分单薄，为了能让自己的木炭卖出去，他在心里暗暗祈祷，想让天气变得更冷。

昨天夜里，下了一尺厚的大雪，天刚一亮，老人就推着炭车外出卖炭了。

走了好久的路，牛走不动了，人也饿坏了，无奈之下，他们只能顶着高高的太阳，躲在集市南门外歇脚。

两个骑马的人洋洋得意地从这里经过，他们是谁啊？原来是宫里的太监和他的手下。

只见这两个太监手拿文书，嘴里一边嚷嚷着皇帝的诏书，一边呵斥着老人的牛，让它朝皇宫走去。

整整一车一千多斤的炭，就这样被太监们硬生生拉走了，虽然老人百般不愿意，但也没得选择。

至于炭钱，那两个太监朝牛头上挂了半匹红纱和一丈绫，这就算是付钱了。

读诗词，学化学

在唐代，白居易也是一位颇具名气的写实主义诗人，他的诗歌总是着眼于当时的生活百态和时事政治，以最朴素直白的语言，描述着最生活化的真实场景，表达了最朴实无华的情感。

就比如这首《卖炭翁》，白居易以一位卖炭的老人家为描写对象，向我们展示了老人伐薪烧炭的不易和集市卖炭的悲苦。

老人家拖着羸弱的身体，去深山里烧制木炭，然后再将木炭拉去集市上售卖。本以为挨冻受饿后能将木炭卖个好价钱，但没想到的是，这辛辛苦苦得来的木炭，却被几个太监用少得可怜的绸缎换走了。

唉，真是辛苦这位老人家了，小朋友们，看到这里，你们是不是也觉得当时的社会太过黑暗了呢？你们是不是也会在心里默默产生一种冲动：想要去帮老人家重新烧制一些木炭呢？

如果是，那你们真是善良的好孩子。

只不过，烧制木炭的过程可是非常辛苦的。所谓木炭，其实就是木材经过不完全燃烧后留下的固体燃料，这些燃料能够进行再次燃烧。在烧制木炭时，不仅要经受高温的炙烤，而且还要经受烟雾的侵扰，正因如此，那位老

人家的脸上、身体上才会布满了黑色的灰尘，看上去浑身脏兮兮的呢！

虽然烧制木炭的过程很辛苦，但我国古人很早就开始用这样的方法来烧制木炭了，不得不说，古人还是很有智慧的！

科学图解·木炭

小朋友们，你们知道组成木炭的元素主要有什么吗？

其实，木炭本质上是一种化合产物，它的主要成分是碳元素，此外还有氢、氧、氮等元素。木炭中最具代表性的是黑炭，这种炭整体呈现黑灰色，表面有大量的微孔和过渡孔。除了黑色的木炭，还有白炭、活性炭和机制炭，它们之所以会呈现出不同的颜色，是因为烧制过程中所采用的原材料不同而导致的。

在这几种木炭中，活性炭是当前最受关注的一种木炭，它是木炭深加工后的产物，具有吸附、催化的作用，主要被用在葡萄糖、味精等产品的生产中，同时也被用来净化空气环境。

值得注意的是，当木炭和氧气进行燃烧时，根据燃烧程度的不同，会产生截然相反的结果。如果木炭和氧气燃烧充分，就会产生二氧化碳，相反，如果木炭和氧气之间发生不完全燃烧，就会产生一氧化碳，这可是有毒气体，一旦吸入就会导致严重的后果。

每年冬天，医院都会接收许多因为煤炭燃烧不充分而导致的一氧化碳中毒的患者，这种中毒情况，轻则导致头痛，重则可能会危及生命！

秋浦歌十七首·其十四

唐·李白

炉火①照天地，红星②乱紫烟③。
赧郎④明月夜，歌曲动寒川⑤。

注释

①炉火：炼铜的炉火。②红星：火星，火花。③紫烟：山谷中的紫色烟雾。④赧（nǎn）郎：炼铜工人。⑤川：山谷。

翻译

炼铜的炉火将整个天地都照亮了，那山谷中升起的紫色烟雾和火花，在夜空中肆意闪动着。

月明之夜，炼铜工人一边唱歌一边劳动，他们的歌声在寒冷的山谷里来回飘荡。

读诗词，学化学

　　小朋友们，除了烧制木炭的工艺，我国古人还很早就掌握了冶金工艺呢，不得不说，古人真是厉害呀！

　　这首《秋浦歌十七首·其十四》所描绘的，正是我国古代工人在秋夜里冶炼金的壮阔场景。李白用短短二十个字，从声、光、热、色等角度对冶炼场面进行了描绘，通过动与静、热与冷、明与暗的对比，将火热的冶炼场面生动地展现出来，完美塑造了我国古代冶炼工人的伟岸形象，也正面歌颂了他们的辛苦付出。

　　特别是诗中的"炉火照天地，红星乱紫烟"一句，一下子就将我们带到了火热的冶炼现场，小朋友们快看——那火红的炉子里，正熊熊燃烧着傲慢的火焰，它们向四处伸出爪牙，想要将坚硬的金属一口吞下，然后用炙热的

温度将它熔化。这火红色的火焰几乎快要将天地吞食了，四处飞溅的火花犹如闪动的火星一般，在烟雾缭绕间到处飞蹿。

哇，这幅冶炼场景也太过生动了吧，真不愧是诗仙李白的作品，一字一句都是经典呐！

小朋友们，你们觉得呢？

科学图解·铁

小朋友们，上面我们提到了古人冶金的生动场面，提到冶金，自然绕不过铁这种元素。

作为一种金属，铁是一种极为重要的化学元素，它的分布十分广泛，总量占地壳含量的 4.75%，是地壳含量中仅次于氧、硅、铝三种元素的化学元素，由铁组成的铁矿石主要有 Fe_2O_3（赤铁矿）、Fe_3O_4（磁铁矿）、$FeCO_3$（菱铁矿）、FeS_2（黄铁矿）……

在众多金属元素中，铁是比较活跃的一种元素，它不会和空气发生氧化反应，但会和氧气发生反应，发生剧烈的燃烧。值得一提的是，在含有酸、碱物质的潮湿空气中，铁会生锈，这也是生活中一些铁质物品在长时间存放后，表面会出现生锈迹象的原因。

一般来说，铁的用途是十分广泛的。比如铁能用来制药，也能用来制作凝胶推进剂、燃烧活性剂、催化剂等，更能用来制造各种机械零部件制品等。此外，铁还能被用作还原剂和营养增补剂。

除了工业生产外，铁还与人们的日常生活息息相关，这主要是因为铁元素是人体内不可或缺的一种元素。通常来讲，成年人体内有 4—5 克铁，其中 72% 以血红蛋白、3% 以肌红蛋白、20% 以其他化合物形式存在，其余为

储备铁。如果人体缺铁的话，就会导致一系列疾病，其中，缺铁性贫血是典型的疾病之一，也是世界卫生组织确认的四大营养缺乏症之一。

正因如此，小朋友们，在日常饮食中，一定要均衡营养，及时补充铁元素，千万不要因为缺铁而导致疾病发生！

游子吟

唐·李益

女羞①夫婿薄②，客耻③主人贱④。

遭遇同众流⑤，低回⑥愧相见。

君非青铜镜，何事空照面。

莫以衣上尘，不谓心如练⑦。

人生当荣盛，待士勿言倦。

君看白日⑧驰，何异弦上箭。

注释

①羞：不体面。②薄：轻视。③耻：羞愧。④贱：轻贱，不重视。
⑤众流：指诗歌第一句中的"羞女"和"耻客"。⑥低回：徘徊。⑦练：白色的丝绢。⑧白日：太阳，阳光。

翻译

女子感到不体面，是因为没有受到夫婿的重视，客人感到羞愧，是因为没有受到主人的厚待。

我和这些人有着相似的经历，所以总是忍不住低头徘徊，甚至羞于和身

份尊贵的人见面。

但是，您又不是铜镜，为什么只从表面看待人和事呢？

千万不要觉得我的衣服上有尘土，就误以为我的内心不够纯洁高尚。

如果您身在高处，享受荣华富贵时，也请不要瞧不起身份地位比你低的人。

不妨抬头看看日出日落，飞逝的时光和那离弦的箭一样，没有多大区别！

读诗词，学化学

说到《游子吟》，大家脑海中想到的肯定是唐代诗人孟郊的作品，"慈母手中线，游子身上衣"……只不过，上面的这首《游子吟》并不是孟郊的作品，而是和他同时代的诗人李益的代表作，小朋友们千万别搞混了。

在这首诗中，诗人感叹的并不是母子之间的难舍亲情，而是从游子的角度出发，感慨远离家乡、身在异乡的游子所要面对的艰难处境。可以说，这首诗更像是一封为天下游子维护权益、发声呐喊的"自白书"。

特别是"君非青铜镜，何事空照面"一句，寥寥十字，诗人就言简意赅地表达了自己的观点，认为人们不能像铜镜那样只看到表面，并以此为依据来评价他人，相反，对人对事要做到全面立体的观察和评价，决不能片面。

除了这层道理，"君非青铜镜，何事空照面"一句还包含了一个重要的化工知识，那就是古人制镜所用的青铜。

提到铜，大家肯定不会陌生，它是自然界中一种常见的金属元素。纯正的铜是具有一定柔韧性的，并且延展性很好，还能导电导热，经常被用来制作电缆，同时也被用作建筑材料使用。

不过，对我国古人来说，铜的最大用处就是用来制作镜子，虽然不能像如今的镜子一样清晰地照出人脸，但铜镜在古代还是很受欢迎的。女子对着铜镜梳洗打扮，"对镜贴花黄"，着实别有一番风味！

小朋友们，你们见过铜镜吗？

科学图解·铜

　　小朋友们，你们知道吗？作为一种金属元素，铜可是人类历史上较早被使用的金属之一呢！

　　根据史料记载，早在史前时代，人类祖先就开始开采露天铜矿了，他们会用得到的铜来制造各类兵器，以此来防范野生巨兽的攻击，同时也用

来打仗。

　　不同于铁在地壳中的丰富含量，铜在地壳中的含量仅占 0.01%，此外，它还存在于海洋之中。至于铜的用途，它和铁一样是非常重要的工业材料，被广泛地应用于电气、轻工、机械制造、建筑工业、国防工业等领域，尤其是在电器、电子产品生产过程中，铜经常被用来制作导线。

　　此外，铜在医学领域也有非常广泛的应用，它具有很强的杀菌作用。墨西哥科学家经过研究发现，铜在一定程度上甚至能够抗癌呢。

　　除了如此广泛的用途外，铜和铁一样，也是人体内极为重要的一种金属元素。一般来说，成年人每天需要摄入的铜含量为 2 毫克左右。如果身体缺铜的话，就会导致血浆胆固醇浓度升高，从而引发冠状动脉心脏病。此外，包括营养性贫血、白癜风、骨质疏松症、胃癌及食道癌等在内的疾病，都和缺铜有关。

　　正因如此，日常饮食中，我们一定要注意摄入适量的铜元素，可以多吃一些含铜丰富的食物，比如海米、红茶、花茶、核桃、青豆、黑芝麻等。

客 从

唐·杜甫

客从南溟来①，遗②我泉客珠③。

珠中有隐字，欲辨不成书④。

缄⑤之箧笥久，以俟⑥公家⑦须⑧。

开视化为血⑨，哀今征敛⑩无。

注释

①南溟：南海。②遗：赠送。③泉客珠：珍珠。④书：文字。⑤缄：封藏。⑥俟：等待。⑦公家：官家。⑧须：需要。⑨化为血：化为乌有。⑩征敛：征收。

翻译

一位南方来的客人，特意送给我一颗珍珠。

仔细一看，这颗珍珠里边隐约刻了字，我想看清楚，却怎么都看不清。

无奈之下，我只好将它封存起来，想着等官家的人来征收时用它。

然而过了几日后，当我打开箱子，却发现珍珠早已化成血水。

没办法，这样一来，我就真的没什么东西能拿出来去应付官家的征收了。

读诗词，学化学

小朋友们，作为唐代颇具盛名的诗人之一，杜甫是个写实派诗人，他创作的作品大多是讽刺现实、针砭时事的内容。上面这首《客从》，就是杜甫创作的一首寓言式的政治讽刺诗，诗人借一颗珍珠，来嘲讽当时政府剥削人民、苛政敛收的罪恶行径。

只不过，遗憾的是，那颗原本被珍藏起来用以应对征敛的珍珠，最终却变成了一摊血水，难道珍珠是提早预料到自己接下来的命运，所以才化作血水了吗？

哈哈，当然不是啦！

真实情况其实是：那颗保存在盒子里的珍珠发生了化学反应，所以才会变成血水。

从化学知识的角度来看，珍珠的主要成分是碳酸钙，此外还有少许的有机化合物。我们都知道，碳酸钙虽然难溶于水，却能在酸性条件下发生化学

反应。由于诗人居住的环境潮湿阴漏，因此将珍珠存放在这样的环境中，珍珠中的碳酸钙会和空气中的水汽、二氧化碳发生化学反应，最终变成红色的液体，也就是诗人笔下的血水。

说到这里，不晓得杜甫当时知不知道这个化学知识呢？

科学图解·碳酸钙

小朋友们，上面我们讲到珍珠的主要成分是碳酸钙，而碳酸钙是石灰石的主要成分。这是地球上非常常见的一种化学物质，往往存在于大理石、石灰岩、石灰华等岩石中。

在现实生活中，碳酸钙有着十分广泛的用途，下面就请大家跟我一起来了解了解吧！

要说碳酸钙的最大用途，就是在塑料生产中的使用。有了碳酸钙的加入，塑料制品会变得更有黏性，同时塑料制品会变得更加稳定，耐热性更强，硬度和刚性也恰到好处。

除了塑料制品的使用，碳酸钙还被广泛地运用在建筑工业中，诸如橡胶厂、涂料厂以及防水材料的生产环节中。

可以说，碳酸钙在工业生产中算得上是一种天然宝贝，用处多多。

不过，比起这些工业用途，碳酸钙还有一个更为重要的用途，那就是作为添加剂被运用到食品生产工业中去。添加剂能在一定程度上保持食物的新鲜，但不能食用！

南山田中行

唐·李贺

秋野明，秋风白，塘水漻漻①虫喷喷②。

云根③苔藓④山上石，冷红⑤泣露⑥娇啼色。

荒畦⑦九月稻叉牙⑧，蛰萤⑨低飞陇径斜。

石脉水流泉滴沙，鬼灯⑩如漆点松花。

注释

①漻（liáo）漻：水清而深。②喷喷：虫鸣声。③云根：云雾升起的地方。④苔藓：青苔。⑤冷红：秋寒时节开的花。⑥泣露：露珠凝聚，看起来就像是泪珠。⑦荒畦：荒芜的田地。⑧叉牙：参差不齐。⑨蛰（zhé）萤：藏起来的萤火虫。⑩鬼灯：磷火。

翻译

秋风吹过，田野里一片明净，池塘里的水看起来又清又深，草丛里的虫子正在鸣叫。

云雾升起的地方，青苔爬满了山石，在秋寒时节绽放的花朵，看上去娇滴滴的，上面的露珠就像是泪珠一样。

时值九月，荒芜的田地里的稻子长得参差不齐，发光的萤火虫正从上面飞过。

从石缝里滴落的泉水垂直降落到沙地里，夜晚的磷火就像是坟地里的灯火一般，将整片松林点缀起来。

读诗词，学化学

提到李贺，大家肯定会想到后世给他取的名号——诗鬼，之所以会有这样的名号，是因为李贺的诗歌创作极具时代特色。

为什么这样讲呢？原因是李贺当时所处的时代恰逢中唐向晚唐的过渡时期，此时社会黑暗、官场腐败，李贺也是苦不堪言，人生坎坷至极，处在这样的时代背景，李贺的诗歌大多是讽刺现实的内容，饱含着对时代和个人际遇的不甘心。

这首《南山田中行》就是李贺的代表作之一，整首诗氛围沉重，给人一种幽冷清绝的感受。特别是诗歌最后一句中的"鬼灯如漆点松花"，一下子

将我们带入了冷凄甚至有些阴森可怕的环境中去。

不过，要给小朋友们说明的一点是，这里的"鬼灯"可并不是我们想象中的鬼灯哦，相反，它其实是自然界中常见的一种化学反应呢！

当磷元素和空气中的水汽或者碱性物质发生化学反应后，会产生一种无色的化学物质——磷化氢。这种物质具有自燃的特性，当它和空气中的氧气发生反应后，就会自燃着火。通常，在夜间的野外，时常能看到白中带蓝绿色的火焰，这就是所谓的磷火，也就是李贺在诗中提到的鬼灯。

科学图解·磷化氢

小朋友们，除了上面讲到的磷火自燃情况外，人和动物的尸体在腐烂时，也会分解出一定的磷化氢，并极有可能由此引发自燃。

那么，为什么磷化氢会自燃呢？

这其实和磷化氢的燃点有关。

当磷化氢和空气发生氧化反应时，会产生热量，这些热量会引起自燃现象。正因如此，在荒无人烟的野外，即使没有火苗，也会出现磷火。要是不知道这个化学知识，人们往往会被这突如其来的"鬼灯""鬼火"给吓住呢！

除了能够自燃外，磷化氢还是一种有毒物质，一旦不小心吸入，就会导致不堪设想的后果。所以，小朋友们，日常生活中我们一定要提高安全意识，千万别接触危险物品！

咏煤炭

明·于谦

凿开混沌①得乌金②，藏蓄阳和③意最深④。

爝火⑤燃回春浩浩⑥，洪炉⑦照破夜沉沉。

鼎彝⑧元赖⑨生成力，铁石犹存死后心。

但愿苍生⑩俱饱暖，不辞辛苦出山林。

注释

①混沌（dùn）：诗中指大地。②乌金：煤炭。③阳和：诗中指煤炭蓄藏的热力。④意最深：有深层的情意。⑤爝（jué）火：小火，火把。⑥浩浩：宽广无际的样子。⑦洪炉：大火炉。⑧鼎彝（yí）：原是古代饮食用具，后专指帝王宗庙祭器，引申为国家、朝廷。⑨赖：依靠。⑩苍生：老百姓。

翻译

凿开深深的土层才能获得煤炭，那里蕴藏着无穷的能量，就像是人心饱含的最深层次的情谊一般。

熊熊燃烧的火把，营造出一幅宽广无际的景象，而那熊熊燃烧的大火炉，

则能让煤炭发挥威力，照亮整片夜空。

钟鼎彝器的制作，全都需要借助煤炭的这股原生之力，虽然铁石最后消失了，但它们的忠心永不改变。

只愿天下老百姓能够吃饱穿暖，即使历经艰险，也要从这荒僻的山林间走出去。

读诗词，学化学

《咏煤炭》是明代诗人于谦的代表作，看诗歌的名字，就能知道这首诗旨在歌颂煤炭的伟大。

事实上，从古至今，煤炭在人类的生产、生活中扮演着十分重要的角色，而我国古人也在不断的实践过程中，掌握了用煤炭做燃料的冶铁之法。

当然，煤炭的开采过程是十分艰险的，而采煤工人的伟大也是不言而喻的，他们冒着生命危险开采煤炭。而煤炭或许是继承了采煤工人的坚毅品质，同样表现得英勇无畏。就像诗人在诗歌中写的一样，"鼎彝元赖生成力，铁

石犹存死后心"，被熊熊大火燃烧后，煤炭心甘情愿地为人们提供热能，并且对此毫无怨言，真的是大无畏的奉献精神啊！

难怪古人会将煤炭称作乌金，让它与金子齐名，看得出煤炭在古人心中还是非常重要的。

科学图解·煤炭

小朋友们，了解了煤炭的大无畏精神，下面就让我们了解了解煤炭的化学属性吧！

首先说说煤炭是怎么来的吧！事实上，煤炭是被掩埋在地下的古代植物的产物，经过长时间的生物化学以及物理化学反应，这些被埋藏的古代植物最终演变为煤炭。

由于煤炭具有可燃性，能够提供巨大的热能，因此它被人们看作是"黑色的金子"，在工业生产和日常生活中具有十分重要的作用。

再来说说煤炭的化学成分吧！煤炭的主要成分是碳、氢、氧，三者的占比达到了 95% 以上。当煤炭燃烧时，它会释放出一定的二氧化硫气体，这种气体具有很强的污染性，甚至还会危害人体健康、腐蚀金属设备。

正因如此，如今煤炭正在逐步被新能源替代，这样做是为了保护好生态环境，但我们要明白的是，煤炭在人类生存发展过程中所产生的影响和作用是绝对不能被遗忘的。

山 行①

唐·杜牧

远上②寒山③石径④斜，白云生⑤处有人家。
停车坐⑥爱枫林晚⑦，霜叶⑧红于⑨二月花。

注释

①山行：在山中行走。②远上：登上远处。③寒山：深秋季节的山。④石径：石子铺成的小路。⑤生：意为"深"。⑥坐：因为。⑦枫林晚：傍晚时的枫树林。⑧霜叶：红色的枫叶。⑨于：比。

翻译

弯弯曲曲的石头小路一直延伸过去，仿佛深入深秋的寒山之中，那白云不断升起的地方，隐约坐落着几户人家。

因为太喜欢深

秋的枫林美景，所以特意停下了马车，那被风霜染红的枫叶，似乎要比二月的春花还要红。

读诗词，学化学

《山行》是唐代诗人杜牧的代表作，诗人用短短二十八个字，就为我们勾勒出一幅深秋漫山枫叶红的美景，不得不说，诗人杜牧的功力还是非常了得的！

创作这首诗时，诗人杜牧正驱车去远山旅行，他坐着马车一边走，一边欣赏沿途的美景，快看！诗人眼前突然出现了一座寒山，在高耸的山峰之下，有一条曲折的石径小路，一直向着寒山深处延伸过去，好像是在给诗人指路。

看到美景怎么能不驻足呢？于是，诗人马上停下马车，向寒山那边望去，这才发现：漫山遍野的红色枫叶，简直要比二月里的春花还要鲜艳呢！

小朋友们，你们是不是也被眼前这幅美景给吸引了呢？

那你们知道，枫叶为什么会变成红色吗？

其实呀，枫叶之所以会变成红色，是因为花青素的出现。

什么是花青素呢？花青素其实是一种存在于植物之中的天然色素，日常生活中，我们看到的五颜六色的水果、蔬菜、花卉，其实都是花青素作用下才出现不同颜色的。

值得一提的是，花青素本身是没有颜色的，当它遇到酸性物质后，就会变成红色，而当它遇到碱性物质后，就会变成蓝色。

在寒冷的秋天，枫叶里边的花青素含量会增多，接着，它会和枫叶体内的酸性叶肉细胞发生反应，紧接着，花青素就会变成红色，而枫叶也就会变成鲜红色了。

怎么样，这个过程是不是很神奇呀？

科学图解·花青素的来源

小朋友们，上边提到过，花青素广泛地存在于植物中，下面，就让我们一起来了解一下花青素的主要来源吧！

根据研究表明：在能够开花的被子植物中，花青素的含量很高，并且它的含量会因为植物品种、

季节、气候等因素有所变化。

日常生活中，包括葡萄、茄子、蓝莓、樱桃、红梅、草莓、桑葚、紫甘蓝、山楂、牵牛花等在内的植物，其组织内的花青素含量都很高。

说到这里，小朋友们肯定发现了，上面列举的这些植物的颜色，不是红色系就是蓝色系，这就间接证明了花青素的颜色反应——遇到酸性物质会变成红色，遇到碱性物质会变成蓝色。

121